APRENDIZ DE PROFE

APRENDIZ DE PROFE

CARMEN FERNÁNDEZ VALLS

Ilustraciones de Juan M. Moreno

B DE BLOK

Barcelona • Madrid • Bogotá • Buenos Aires • Caracas • México D. F.
Miami • Montevideo • Santiago de Chile

Para todos los profes que llenan sus clases de magia

Esta novela resultó ganadora del Premio Boolino de Narrativa Infantil
por decisión del jurado conformado por Gemma Lienas, Isabel Martí,
Susana Otín y Verónica Fajardo.

1.ª edición: noviembre 2017

© Carmen Fernández Valls, 2017
© de las ilustraciones: Juan M. Moreno, 2017
Ilustrador representado por IMC Agencia Literaria
© 2017, Sipan Barcelona Network S.L.
   Travessera de Gràcia, 47-49. 08021 Barcelona
   Sipan Barcelona Network S.L. es una empresa
   del grupo Penguin Random House Grupo Editorial, S. A. U.

Printed in Spain
ISBN: 978-84-16712-65-6
DL B-18690-2017

Impreso por EGEDSA

1

Después del verano, volvieron a reunirse en el patio de la escuela.

Alicia había hecho una excursión por Italia con sus padres. Bárbara había ido a Irlanda para estudiar inglés. Leo, su hermano pequeño, se había quedado en casa de sus abuelos maternos en Santander. Max había sido el único que había pasado todo el verano en Villanieve, así que era el que más ganas tenía de que llegara septiembre para empezar un nuevo curso y volver a encontrarse con sus compañeros.

—¿Cómo creéis que será la nueva maestra? —preguntó Bárbara.

—Pues cómo va a ser. Como todas —respondió

su hermano Leo—. Una pesada que se pintará las uñas en clase y que cuando llegue noviembre se irá a pasar un fin de semana a su ciudad y ya no volverá, porque las carreteras estarán cortadas por la nieve.

El municipio de Villanieve estaba tan aislado del resto del mundo que, para llegar allí, había que tomar un tren que solo pasaba una vez por semana. Luego era necesario cubrir un pequeño tramo en todoterreno, ya que no había carreteras asfaltadas que subieran al pueblo.

Por esta razón ningún maestro quería quedarse en Villanieve. Siempre se les ofrecía la casa del docente, pegada a la escuela y dotada con todas las comodidades, pero en cuanto tenían ocasión, todos hacían lo mismo: aprovechaban cualquier excusa para irse y luego aducían que no podían volver porque la nieve había aislado el pueblo. Y es que, de noviembre a marzo, las nevadas cerraban todos los accesos posibles a Villanieve y los niños se quedaban sin clase durante esos meses.

El conserje, que era también el alcalde y el panadero, ya que Villanieve era un pueblo tan pequeño que algunos de sus habitantes ejercían varias profesiones, abrió la puerta.

—Buenos días, chicos, pasad al aula. El inspector Cervera llegará enseguida.

Aunque de diferentes edades, los niños de Villanieve asistían todos a la misma clase. Antiguamente, cuando sus padres eran pequeños, era distinto; cada cual estudiaba en el nivel que le correspondía, pero ahora, con solo cuatro niños en el pueblo, había un único curso.

Se sentaron en los mismos pupitres que habían ocupado el año anterior.

—Chicos, diez segundos —avisó Leo tras consultar el reloj.

El inspector entraría justo a las ocho y media y debía encontrarlos sentados con la espalda recta, las piernas bajo el pupitre y mirando hacia la pizarra.

—Cinco segundos.

Cuatro, tres, dos, uno... La puerta del aula se abrió.

El primero en entrar fue el inspector de Educación, Arturo Cervera, con traje negro y corbata negra. A pesar de su expresión seria, su carácter antipático y sus interminables y soporíferos discursos, el inspector Cervera era apreciado en Villanieve por el interés que ponía en la escuela. Su reto era lograr que sus alumnos tuvieran clase un curso académico completo, a ser posible con el mismo maestro.

Le seguía una mujer de edad indefinida, pues podía tener entre veinte y sesenta años. Iba bien vestida, pero llevaba la ropa ajada y algo en la combinación de colores resultaba molesto a la vista. No obstante, lo que más llamaba la atención era su peinado, si es que podía llamarse así a la maraña de pelos, gomas y horquillas que le cubrían la cabeza.

—Buenos días.

—Buenos días —repitieron los niños a coro.

—Os presento a vuestra nueva maestra, la señorita Ginebra García de Sastres.

Luego les soltó el típico discurso de principio de curso y se despidió de ellos con el deseo de que ese año las cosas fueran mejor.

—Me llamo Ginebra y seré vuestra maestra durante todo este curso...

«Sí, ya, seguro», pensaron todos.

—Bien, ahora redactaréis una descripción de vosotros mismos. Podéis contarme lo que queráis.

Sacad un folio y me lo entregáis al final de la clase.

Los niños obedecieron sin hacer preguntas e intentaron concentrarse en la tarea asignada.

Entonces la señorita Ginebra hizo algo que ninguno de los profesores que habían pasado por la escuela de Villanieve había hecho jamás. Y eso que no habían tenido precisamente buena suerte con los maestros. Hubo uno que hasta se durmió en clase una vez.

Puso su bolso sobre la mesa, un bolso muy grande, muy feo y muy viejo. Lo abrió y de su interior sacó un pequeño espejo dorado, decorado con pequeños relieves de vegetales. Era tan bonito que parecía el espejo de una princesa de cuento.

Ginebra se pasó toda la clase mirándose en ese espejo.

2

Al final de la clase, la maestra pidió las redacciones. Una vez que todos las hubieron entregado, les dictó el horario y una serie de normas de conducta, que eran las mismas de siempre: no se puede comer chicle en clase, hay que levantar la mano para hablar, todos los días hay que traer los deberes hechos en casa...

Cuando terminaron de copiarlas, la señorita Ginebra les dijo que ya podían irse a casa, pero que no olvidaran traer al día siguiente los libros correspondientes a las asignaturas de ese día.

Los niños no tardaron en dejar el aula vacía. Entonces, Ginebra empezó a leer lo que habían escrito los alumnos.

BÁRBARA:

Me llamo Bárbara Fuentes Barranco y tengo trece años.

Desde muy pequeña siempre me han gustado mucho los animales. No tengo mascotas, porque en mi casa no me dejan. Mis padres dicen que ya tienen bastante con los animales de la granja, pero cuando sea mayor y viva en mi propia casa, pienso tener alguna.

Me interesa mucho la preservación del medio ambiente. Intento concienciar a mis compañeros de la importancia de reciclar y no malgastar los recursos. Me pongo enferma cuando arrancan hojas de su libreta sin motivo y luego las tiran a la papelera. No son conscientes de que cada vez que hacen eso, están matando un árbol.

Creo sinceramente que un mundo mejor es posible y estoy decidida a luchar por ello. Ya sé que es muy difícil enfrentarse a toda la pobreza, miseria y guerras del mundo, pero estoy segura de que entre todos podremos lograrlo.

LEO:

Me llamo Leo sin más, ni Leonardo ni Leopoldo. Mi nombre completo es Leo.

Tengo diez años y estudio en la escuela de Villanieve, aunque esto ya lo sabes, porque eres mi profe.

Tengo una hermana que se llama Bárbara y es un poco empollona. Esto también lo sabes, porque también ella es alumna tuya.

En mis ratos libres me gustaría jugar al fútbol, ver la tele o navegar por internet, pero:

Es imposible jugar al fútbol con cuatro jugadores, y más si dos de ellos son chicas. Y más aún si una de las chicas es mi hermana Bárbara.

En mi casa solo hay una tele y por no sé qué rollo de criterio educativo-pedagógico-psiconosé-qué, la tele solo la pueden ver los mayores, es decir, mis padres. Y siempre ven lo mismo: telediario y telenovelas. Un aburrimiento.

Vivo en Villanieve, o sea, alejado de la civilización, o sea, sin conexión a internet.

Así que, para no estar todo el día aburrido mirando al infinito, me dedico a leer.

Mi libro favorito es *Peter Pan*, a veces sueño

que viajo al país de Nunca Jamás a luchar contra los piratas. También me gustan mucho los cuentos de Hans Cristian Andersen y los de los hermanos Grimm. Pero no solo leo novelas y cuentos, también estoy muy interesado en temas científicos y de vez en cuando echo una ojeada a las revistas de divulgación que hay en la biblioteca. De mayor quiero dedicarme a la investigación. Me atrae sobre todo el tema de las sirenas. Ya sé que las sirenas no existen, pero estoy convencido de que hay alguna especie marina que todavía no ha sido estudiada por la ciencia y es la causante de que los marinos hayan creado todas esas historias sobre las sirenas.

MAX:

Mi nombre es Máximo, pero todos me llaman Max (Maxi no, por favor). No me gusta que se hagan bromas sobre mi nombre y mi estatura.

Mi asignatura favorita es Educación Física. Es la que mejor se me da. Soy muy flexible, porque nací con una anomalía en las articulaciones y puedo doblarme de formas que nadie más consigue.

Soy rubio, o mejor dicho, castaño tirando a rubio. Tengo los ojos castaños. No soy muy alto. Soy delgado.

No tengo nada interesante que contar sobre mi vida, así que voy a inventarme algunas cosas para rellenar el folio, ya que lo de hacer letra súper gigante o dejar diez centímetros de margen está muy visto.

Mi madre es submarinista, así que por razones obvias no vive en Villanieve. Mi padre es astronauta y actualmente está trabajando en un proyecto de investigación secreto, en el que gana mucho dinero.

Vivo con un fantasma, del que no quiero desvelar muchos datos, ya que eso supondría revelar información confidencial. Nuestra casa es la más antigua y grande de Villanieve. Tiene tres pisos más la buhardilla, que es la habitación del fantasma. El resto es todo para mí. También tiene un jardín con rosas y tulipanes, que nadie cuida; por eso da miedo adentrarse en él. De pequeño creía que era la puerta a otro mundo, habitado por hadas y trols.

Bueno, ya no se me ocurre nada más que agregar. Espero que te haya gustado mi redacción y que me pongas una buena nota.

ALICIA:

Soy Alicia. Tengo once años y soy hija única.

Siempre he vivido en Villanieve. Aunque voy mucho a Llanos, el pueblo más cercano. Allí hay muchas cosas que aquí no tenemos. También voy mucho al médico (ya te explicarán mis padres).

Me gustan los helados de fresa, los delfines y el azul celeste. Antes mi color favorito era el rosa, pero cada vez me gusta menos. No me gusta el tomate ni las aceitunas.

En mis ratos libres suelo ir a la biblioteca, donde a veces me encuentro con Leo, pero él no pasa mucho tiempo allí, coge los libros y se va.

De mayor me gustaría ser detective, pastelera o espeleóloga.

Después de leer y corregir las redacciones, las guardó en una carpeta para entregarlas al día siguiente a los que iban a ser sus primeros alumnos.

19

3

Ni siquiera eran las siete de la tarde y hacía rato que el sol se había ocultado entre las montañas. Aunque todavía estaban en octubre, esto no era extraño en Villanieve. En noviembre, a las seis ya se haría de noche.

Alicia volvía de la biblioteca de la escuela. Había pasado allí casi toda la tarde, con la excusa de estudiar el examen del día siguiente, aunque había estado más tiempo mirando otros libros y distraída con unas cosas y otras, que repasando. Ella lo había intentado. Su intención era estudiar, no perder el tiempo, pero había sido superior a sus fuerzas. Para Alicia, todas las asignaturas eran iguales.

Una larga de lista de nombres, lugares y fechas que debía memorizar. La única que despertaba su interés era Matemáticas. Le encantaba jugar con los números. Se podían hacer combinaciones infinitas. Daba igual las veces que los números se desordenaran, se sumaran o se restaran, al final todo tenía siempre un orden exacto y lógico. Del resto de materias, solo le gustaba lo que la maestra siempre decía que no había que estudiar. Por ejemplo, en Literatura le aburría aprenderse el nombre de autores, obras y movimientos, pero disfrutaba con la parte en que se hablaba de la vida de los escritores y sus amores desdichados.

Al pasar por la escuela, Alicia vio que había luz en la casa de la maestra. Las cortinas estaban descorridas. Aunque sabía que no estaba bien meterse en la vida de los demás, no pudo evitar un deseo incontrolable de fisgar un poco. Nadie se daría cuenta; la calle estaba vacía y la luz del interior impediría que la descubrieran. Se acercó cautelosamente, intentando que sus movimientos resultasen naturales.

Dentro de la casa había bastante agitación. Algo se movía sin cesar. Alicia se acercó para verlo

mejor. La señorita Ginebra estaba sentada en una mecedora de madera, mientras un..., pero ¿qué era eso? Alicia no dio crédito a sus ojos. Si hubiera tenido un móvil le habría sacado una foto para enviársela de inmediato a sus compañeros, pero como en ese pueblo perdido no había cobertura ni nada por el estilo, allí nadie tenía móvil ni conexión a internet. Podría llamarlos al fijo, pero era demasiado tarde para llamar a casa de Bárbara y Leo —sus padres eran muy estrictos con los horarios de sus hijos—, y Max vivía solo pero no tenía teléfono. Así pues, tendría que esperar al día siguiente para contarles lo que había visto y dejarles boquiabiertos.

4

Al día siguiente, en la puerta de la escuela, Bárbara, Leo y Max no terminaban de creerse lo que les contaba Alicia.

—Os digo que es cierto, lo vi con mis propios ojos —insistía Alicia ante la incredulidad de sus amigos.

—Vamos a ver, Alicia, ¿y luego dices que yo soy el fantasioso porque creo en las sirenas? ¿No entiendes que lo que dices no tiene sentido? ¿De dónde lo ha sacado? ¿Y cómo se supone que lo ha traído hasta aquí? —replicó Leo.

—Si no me creéis, pasad vosotros mismos esta noche por la escuela y lo veréis.

—Yo sí te creo —la apoyó Bárbara—, y me parece indignante. Deberíamos denunciarla.

—No está bien juzgar a las personas sin pruebas —dijo Leo.

—¿Te parecen pocas pruebas los ojos de Alicia? —intervino Max.

—Yo no digo que sea cierto o no. Pero deberíamos hablar con ella antes de ponernos a sacar conclusiones raras. Quizá tenga una explicación —dijo Leo.

—¿Qué explicación podría tener? —preguntó Max.

—No lo sé —respondió Leo—. Por eso, lo más lógico sería preguntárselo directamente a ella.

—¿Y quién se atreve a hacerlo? —preguntó Max.

—Yo no. A mí esa mujer me da miedo —respondió rápida Bárbara.

—A mí no me da miedo, pero paso —dijo Leo.

—Lo haré yo —se ofreció Alicia antes de que Max se le adelantara—. Yo soy la que lo ha visto. Vosotros no digáis nada. Yo sacaré el tema.

La señorita Ginebra abrió la puerta y saludó a los niños, que le devolvieron el saludo y acto seguido se sentaron y sacaron el estuche de la mochila. Mientras repartía los folios con las preguntas, la maestra advirtió que los alumnos estaban bastante nerviosos.

—Chicos, el examen no es difícil y si os sale mal, no pasa nada, haremos recuperación.

—No es eso —intervino Bárbara, sorprendiéndose a sí misma por su atrevimiento.

La maestra se volvió hacia ella, sorprendida.

—Entonces, ¿qué es?

Ante su mirada inquisitiva, Barbara notó que se ruborizaba.

—Ayer por la noche alguien vio en su casa un lémur saltando de la lámpara a la chimenea. —Las palabras salieron de carrerilla de la boca de Leo.

La señorita Ginebra se quedó sin saber qué de-

cir. Al verla tan ofuscada, Bárbara perdió el miedo y le dijo:

—Un lémur es un animal salvaje, no un animal doméstico, y por lo tanto debe vivir en libertad.

—¿Cómo lo ha conseguido? ¿Acaso lo robó de un zoológico? ¿O lo trajo de forma ilegal de Madagascar? —preguntó Leo desde el pupitre detrás de su hermana.

—¡Chicos! —exclamó la maestra, que empezaba a sentirse acorralada—. ¿Cómo os atrevéis a hablarme así? Lo que tengo en mi casa no es ningún lémur. Es un gato.

Todos miraron a Alicia.

Ella lo recordaba perfectamente. Su cuerpo grisáceo parecía el de un koala. Su cabeza era pequeña y blanca y sus grandes ojos estaban rodeados por un contorno negro. No tenía bigotes y su hocico era puntiagudo. Su cola anillada era mucho más grande que la de un gato. Estaba segura de que lo que había visto era un lémur.

—Ahora os quiero a todos en silencio —ordenó la señorita Ginebra, tajante—. Al primero que se vuelva o intente ponerse en contacto con un compañero, le pongo un cero.

—Pero... —empezó Max.

La maestra lo cortó con una mirada penetrante y un brusco:

—¡Chitón! ¡Ni una palabra!

Ninguno se atrevió a responder. Se centraron en el examen para hacerlo lo mejor posible.

Solo Alicia se atrevió a levantar la mirada. Estaba claro que aquella maestra ocultaba algo, de lo contrario no se habría puesto tan nerviosa. Además, ella sabía que mentía.

5

Aquella tarde, Alicia decidió pasar de nuevo por la escuela. No le pidió a ninguno de sus amigos que la acompañara y a ninguno se le ocurrió hacerlo. Todos pensaban que Alicia había confundido el gato de la maestra con un lémur. ¿Cómo? No tenían ni idea. Si se hubieran parado a pensarlo, se habrían dado cuenta de que no es nada fácil confundir un gato con un lémur, pero entre el examen de Literatura y unas cosas y otras se olvidaron de la historia de Alicia.

Alicia pasó por la casa de la maestra entre las cinco y la seis, justo cuando habían terminado las clases. Las cortinas estaban echadas y no vio nada. Entre las seis y las siete volvió a pasar y tampoco vio nada. Las cortinas seguían echadas y, aunque ya empezaba a oscurecer, Ginebra todavía no había encendido las luces. Entre las siete y las ocho repitió la misma operación y nada.

Volvió a casa. No podía pasarse toda la tarde dando vueltas alrededor de la escuela.

—Llegas muy tarde. ¿Ha pasado algo? —le preguntó su madre nada más entrar.

Se notaba que su hija intentaba disimular su inquietud. En el pueblo no había ningún peligro y los niños desde muy pequeños pasaban mucho tiempo en la calle sin vigilancia paterna, pero la madre de Alicia no podía evitar ponerse un poco nerviosa cada vez que su hija llegaba tarde a casa.

—No, nada —respondió Alicia.

—¿Qué tal el examen?

—Bien.

—Y tú que decías que no memorizabas nada... Seguro que has aprobado.

—Sí, supongo —respondió Alicia inexpresivamente.

Ya estaba en su cama con el pijama puesto, cuando alguien llamó a su ventana. Sabía perfectamente que se trataba de Max. No era la primera vez que subía trepando por la pared hasta su habitación.

—Alicia, tienes que venir.

—¿Qué dices, Max? ¿Cómo voy a salir ahora de casa? Es muy tarde. Mis padres no me dejarán.

—He pasado por detrás de la escuela, donde está la casa de la maestra. Tenía las cortinas echadas y no he podido ver bien, pero te aseguro que dentro pasaban cosas muy extrañas.

—¿Cosas muy extrañas? ¿A qué te refieres?

—Había luces y ruido, como fuegos artificiales, y un olor extraño como a azufre mezclado con menta y agua salada.

Max nunca mentía. Si lo decía, es que era cierto.

—Y todavía no te he contado lo más impresionante.

Alicia se quedó expectante.

—A través de las cortinas se veían las siluetas cambiantes de un montón de animales: Elefantes que barritaban, burros que rebuznaban, pájaros que gorjeaban, hipopótamos que... que hacían el sonido de los hipopótamos.

—¿Y había algún lémur?

—No, lémur creo que no he visto ninguno, pero no me extrañaría que hubiera. Era como un auténtico zoológico enloquecido.

—¡Oh, Max! Si no fuera tan tarde, le pediría a mis padres que me dejaran salir. A esta hora ya es imposible.

—Pues sal por la ventana y ven conmigo.

—Max, sabes de sobra que no puedo. Primero porque engañaría a mis padres, y eso no está bien, y segundo porque podría caerme. Ya sabes lo torpe que soy.

—Sí, lo sé.

Desde pequeña, Alicia tenía problemas de coordinación y agilidad. Las pruebas físicas se le daban fatal y aunque tenía aspecto de chica sana y fuerte, en realidad no lo era. No es que enfermara a menudo, sino que sus huesos eran como una armadura oxidada que se podía desmontar a la mínima caída. Eso le impedía hacer muchas cosas y a veces le hacía sentirse mal, pero no por ello la convertía en una persona débil, y aunque acababa de rechazar la propuesta de Max, su cabeza ya estaba tramando un plan para descubrir el secreto de la nueva maestra.

6

Alicia decidió poner en marcha su plan unas semanas después. No le había contado a nadie, ni siquiera a Max, lo que pensaba hacer.

Las clases transcurrían con normalidad. Ella se sentaba en la última fila y desde allí veía todo lo que se hacía en el aula. La señorita Ginebra mandaba leer, luego hacían ejercicios, después los corregían y vuelta a empezar.

Bárbara tomaba apuntes de todo, subrayaba y se hacía sus esquemas. De vez en cuando levantaba la mano para hacer preguntas.

—Bárbara, baja la mano, las preguntas al final de la clase, cuando acabe la explicación.

—Pero es que luego nunca hay tiempo —protestó ella.

—Ya, pero es que si no, no me dará tiempo a terminar hoy los determinantes. Y mañana quiero empezar con los pronombres.

Leo tenía el libro de gramática sobre la mesa, pero no estaba atendiendo ni a las clases de determinantes, ni a la discusión entre su hermana y la maestra. Sobre las rodillas tenía un libro que ocupaba toda su atención.

Max se estaba quedando dormido. De vez en cuando se le cerraban los ojos y se le inclinaba la cabeza, pero, como no tenía dónde apoyarla, se despertaba de golpe.

Sonó el timbre.

Todavía medio dormido, Max recogió sus cosas y salió del aula. Leo se movía sin apartar los ojos del libro que estaba leyendo; el timbre lo había interrumpido a mitad de un pasaje y quería terminarlo.

Bárbara consideró que era el momento de formular sus dudas, pero tampoco entonces pudo hacerlo:

—Lo siento, Bárbara, pero hoy tengo un poco

de prisa. Te prometo que mañana a primera hora te explicaré lo que quieras.

—Está bien —se resignó la niña.

Esa era otra de las cosas que habían llamado la atención de Alicia: las prisas que le entraban siempre a la maestra al terminar la clase. ¿Qué sería eso tan importante que tenía que hacer para no poder quedarse ni siquiera unos minutos a resolver las dudas de sus alumnos? Fuera lo que fuese, no tardaría en averiguarlo. Al sonar el timbre, se había agachado bajo la mesa, fingiendo que se le había caído el sacapuntas.

Cuando el aula quedó vacía, salió de su escondite dispuesta a averiguar qué se traía entre manos la nueva maestra.

Se dirigió a la puerta. Todo parecía muy distinto ahora que no había nadie. Entonces se le ocurrió algo horrible: ¿Y si habían cerrado la puerta con llave?

¡Uf, menos mal que no lo habían hecho!

Salió al pasillo. Aunque llevaba desde los tres años yendo a ese colegio, tuvo la sensación de que estaba en un lugar desconocido para ella. Mientras avanzaba hacia la zona de la casa de la maestra, se preguntó cuándo habrían construido ese edificio y por qué lo habrían hecho tan grande. El pasillo, largo y silencioso, parecía propio de una película de terror. A la derecha se alineaban las aulas, cerradas con llave. Quién sabe qué habría tras esas puertas y si se habrían utilizado alguna vez. La luz entraba por la izquierda a través de viejas ventanas de madera, sin persianas y con contraventanas por las que se colaba el aire los días de viento.

Al fondo estaba la puerta que daba acceso a la casa de la maestra.

No se oía nada al otro lado. Alicia pegó el oído al suelo. Max le había enseñado ese truco, pero nunca antes lo había puesto en práctica. Tampoco oyó nada. Se levantó y se acercó a mirar por el ojo de la cerradura, tal como había visto hacer en las películas.

Ginebra estaba de espaldas a ella, ordenando unos frascos en la estantería. De repente apareció un conejo blanco que llevaba en su boca el espejito que la maestra había sacado el primer día de clase.

—¿Qué ocurre, *Merlín*? ¿Por qué me traes esto? —Ginebra cogió el espejo y se miró en él.

Algo iba mal. Alicia lo intuyó enseguida.

Ginebra apartó el espejo. Sus ojos despedían un fulgor verde y miraban directamente al ojo de la cerradura. Alicia se quedó sin respiración. La había descubierto y caminaba hacia ella.

Echó a correr. No se había dado cuenta de que

ya casi había anochecido y apenas entraba luz por las ventanas del pasillo.

—¡Espera! ¡No te vayas!

Ginebra corría detrás de ella. Alicia no se volvió para comprobarlo, pero lo sabía. Como también sabía que aquel conejo blanco chivato la estaba persiguiendo a grandes saltos y pronto la alcanzaría.

¡Ojalá estuviera allí Max! Tenía que haberle contado lo que iba a hacer. Ojalá entrara de repente por una ventana y la salvara. Ella sola no lo conseguiría. Ya casi le habían dado alcance. Su cuerpo no dio más de sí y cayó al suelo.

Ginebra la ayudó a levantarse.

—¿Te has hecho daño?

Asustada, Alicia no respondió. Y sí, se había hecho daño. Había forzado más de la cuenta su cuerpo y ahora seguramente tendría que pasar dos semanas en la cama hasta que su frágil esqueleto y sus músculos blandengues volvieran a funcionar.

—Vamos, apóyate en mí para caminar.

—No puedo... es que tengo una enfermedad —dijo Alicia como disculpándose.

—Sí, lo sé.

Ginebra la cogió en brazos y la llevó a su casa.

Era la primera vez que Alicia estaba allí. Miró alrededor y se preguntó cuánto de lo que había allí pertenecía a la maestra y cuánto a la escuela.

—¿Habló con mis padres?

—No; me lo contaste en la redacción de principio de curso, ¿recuerdas?

Alicia no solía hablar mucho de ese tema, solo lo mencionaba cuando lo creía necesario. Prefería que fueran sus padres los encargados de explicar su problema.

Los ojos de Ginebra ya no eran verdes, sino de un azul claro, como el del cielo los días despejados.

Dejó a Alicia sobre el sofá, que seguramente pertenecía a la casa. Fue hasta la estantería, donde había un montón de libros del tamaño de álbumes de fotos, que no tenían aspecto de ser parte de la casa. El conejo blanco se quedó a su lado.

—Debería llamar a mis padres para que vinieran a recogerme y me llevaran a Llanos antes de que se marche el médico de guardia.

—Es demasiado tarde para ir a Llanos. Yo te daré algo mejor.

—Pero... —¡Ay, madre mía! ¿Qué iba a darle

esa loca? ¿La obligaría a tomárselo? ¿Y si la envenenaba?

—Además, no tengo teléfono.

Estaba atrapada. Atrapada en una habitación que olía a... ¿a qué? ¿De dónde venía ese olor tan extraño? ¿Sería que la maestra estaba cocinando? Pero no era olor a comida y tampoco venía de la cocina, sino de un caldero que estaba a unos metros detrás de ella y del que salía un espeso humo de varios colores. No obstante, lo que más asustaba a Alicia no era estar atrapada en una casa llena de trastos viejos y objetos raros, sino con quién estaba atrapada ¿Quién era en realidad la señorita Ginebra? ¿Una mujer un tanto estrambótica? ¿Una maestra aburrida que vivía con un conejo blanco? ¿Una loca de atar que pretendía acabar con ella?...

—Tómate esto —dijo ofreciéndole una cucharada de algo que parecía jarabe para la tos, pero que probablemente no lo fuera.

—Gracias, pero no creo que haga falta —lo rechazó Alicia con la mayor naturalidad de que fue capaz.

—No tengas miedo, Alicia. Puede que sea una mujer un tanto estrambótica o una maestra aburrida que vive con un conejo blanco, pero no soy ninguna loca de atar que pretenda acabar contigo.

¡Le estaba leyendo el pensamiento! En ese momento deseó más que nunca haberle contado su plan a Max. De ese modo, si Ginebra la secuestraba, al menos alguien sabría que estaba allí y podría acudir en su ayuda.

—No vendrá.

—¿Qué?

—Max. No vendrá. No sabe que estás aquí. Y, además, no necesitas que nadie te salve.

—Ah —dijo Alicia.

—Vamos, tómate esto. Te gustará y te sentirás mejor.

Alicia bebió un sorbo. Era verdad, estaba bueno. Sabía a frambuesas con chocolate.

7

Al poco de beber aquel jarabe, Alicia empezó a sentirse mejor. El dolor había pasado y sus extremidades parecían ligeras y ágiles como nunca antes.

—¿Qué es lo que me ha dado? Nunca me he sentido tan bien.

—Mejor no preguntes.

—¿Por qué?

Ginebra se sentó a su lado. Sus ojos habían vuelto a ser castaños, igual que cuando estaban en clase.

—¿Es posible que con lo despierta y curiosa que eres, todavía no hayas comprendido quién soy?

—¿Quién es? —Alicia pensó que sus preguntas parecían bobas.

—A ver, Alicia, no me hace ninguna gracia hablar contigo de esto.

Si Alicia no acabara de darse cuenta de que estaba preguntando obviedades, habría dicho: «¿De qué?»

—Me has descubierto y, conociéndote, sé que ahora irás a contarles a todos lo que ha pasado esta

noche, y de paso también les contarás lo que te dijo Max. Así que prefiero resolver tus dudas yo misma antes que los demás niños empiecen a espiarme por las tardes.

—Vale.

—Venga, pregunta.

—Mejor empiece usted a contar. Sabe muy bien lo que quiero preguntarle.

Ginebra sonrió. Desde luego, aquella chica era muy espabilada.

—El otro día en clase os dije la verdad: *Merlín* no es un lémur ni un conejo blanco, sino un gato negro.

Alicia miró al conejo. Era blanco.

—Y yo soy una bruja. Una bruja bastante desastrosa, por cierto. Hace unos doscientos años me expulsaron de la BOLA.

—¿La BOLA? —preguntó Alicia, extrañada. Nunca había oído hablar de ninguna BOLA. ¿Tendría algo que ver con las bolas de cristal que tenían las brujas y adivinas para ver el futuro?

—Es la sigla de la asociación de brujas más importante del mundo: Brujas Organizadas Libres y Aseadas —explicó Ginebra.

—¿Y por qué la expulsaron?

—Creaba demasiados problemas. Para ser bruja no basta con saber hacer magia y esas cosas, hay que ser también una persona ordenada, discreta y atenta, justo todo lo contrario de lo que soy. He intentado ser otras cosas, como fontanera o modista, pero no se me da bien. Al parecer, no hay nada que se me dé bien, porque como maestra soy bastante aburrida, ¿o no?

—Bueno... —Alicia intentó no parecer descortés, pero si mentía, ella lo sabría—. Es que el colegio siempre es aburrido.

—¡Tonterías! Mis clases son un muermo.

—Quizá podría utilizar sus conocimientos de bruja para hacerlas más divertidas...

—No, eso sería peligroso. ¿Qué pasaría si se enterase el señor Cerveza?

—¿Quién?

—Arturo Cerveza, ya sabes, el inspector.

A Alicia se le escapó una risotada.

—No se llama «cerveza» sino «Cervera». Es el inspector don Arturo Cervera.

—¿Ah, sí? Me he equivocado. ¿Ves?, soy un desastre. No puedo ser más despistada. Y mira el pobre *Merlín* —dijo, señalando al conejo blanco—. No consigo volver a convertirlo en gato. Lo cambié de forma sin querer y ahora no logro encontrar el hechizo que lo devuelva a su estado normal. Puedo transformarlo en todo tipo de animales, menos en gato.

El aludido puso cara de circunstancias.

Ginebra volvió a mirar el espejito.

—Es hora de que vuelvas a casa. Tus padres están ya un poco nerviosos.

—¿Puede verlo todo en ese espejo?

—Todo —respondió la bruja.

—Entonces, siempre lo sabe todo.

—No, porque no lo estoy mirando siempre. Sería un aburrimiento. ¿Te ayudo a ponerte en pie?

Alicia se levantó del sofá de un brinco.

—No hace falta. Nunca me había sentido mejor.

—Por cierto, es muy probable.

—¿El qué? —preguntó Alicia, enrojeciendo. Sabía perfectamente a qué se refería.

—Max. Ahora mismo está pensando en alguna excusa para ir a verte esta noche. Pero no lo puedo asegurar. Este espejo muestra solo el presente, nunca el futuro.

Ya en su habitación, Alicia permanecía junto a la ventana. Esa noche le costaría mucho dormirse. Por eso tardó menos que nunca en abrir a Max cuando este llamó al cristal.

—Tengo que contarte algo increíble —le dijo emocionada.

8

Al día siguiente, Ginebra parecía más contenta que otras veces, de hecho hasta su peinado tenía un aspecto más armonioso.

—La clase de hoy será diferente a lo que hemos hecho hasta ahora. Vamos a viajar.

—¿Quiere decir que haremos una excursión? —preguntó Bárbara.

Los niños de Villanieve nunca habían hecho una excursión con el colegio, ni siquiera al pueblo más cercano.

—Algo así —respondió Ginebra.

Max y Alicia la miraban expectantes. Ese día Bárbara y Leo habían llegado un poco tarde y la clase había comenzado antes de que pudieran contarles que Ginebra era una bruja, así que eran los únicos que sabían que algo extraordinario iba a pasar.

—Leo, deja ya de leer el libro que tienes escondido bajo la mesa, o te contaré quién es el asesino y te fastidiaré el final.

—No, señorita, por favor —dijo Leo, dando un respingo antes de cerrar y guardar el libro rápidamente.

—Para esta primera salida he pensado sobre todo en ti —dijo Ginebra sin apartar la vista de él—. En tu redacción de principio de curso me contabas cosas muy interesantes sobre las sirenas. Pues bien, vamos a comprobar si realmente existen.

Leo se quedó asombrado. ¿Se estaría burlando de él?

—Bueno, mi teoría no es tanto que las sirenas existan, sino que puede haber algún tipo de pez gigante o mamífero marino que haya confundido a los marinos, y a partir de ahí se hayan fomentado las leyendas.

—Pues vamos a verlo. Venga, subíos todos a la

escoba —dijo, subiéndose a la escoba como si fuera un caballo.

La escoba de la señorita Ginebra no era como las que los niños tenían en sus casas, o como las que había en la tienda de los padres de Alicia. Era una auténtica escoba de bruja, con un largo mango de madera tallada y el cepillo intacto, ya que nunca se usaba para barrer.

—¿De qué va esto, señorita Ginebra? —preguntó Bárbara, ligeramente mosqueada.

—Lo acabo de explicar.

Alicia y Max no dudaron en montarse los primeros, Leo los siguió y por último se subió Bárbara, que no terminaba de entender lo que estaban haciendo. Tuvieron que apretujarse un poco, porque aunque la escoba era bastante grande, estaba diseñada para transportar una o dos brujas con sus respectivas mascotas, no a cuatro niños y una bruja.

—Sujetaos bien. ¡Allá vamos! —anunció la señorita Ginebra, y pronunció las palabras mágicas—: Bocinas cocidas / y lagartos amargos. / Escoba mágica, vuela / hasta el barco con velas / del mar de las sirenas.

Toda la clase desapareció y entraron en una espiral mágica. En apenas unos segundos atravesaron mundos de fantasía a gran velocidad. Dragones, hadas y castillos pasaban ante ellos. Don Quijote luchando contra los molinos; Sherlock Holmes siguiendo pistas; Caperucita hablando con el lobo; Julieta sonriendo con tristeza a Romeo desde el balcón...

La velocidad disminuyó bruscamente y los mundos de fantasía se esfumaron. Estaban sobre la cubierta de un barco en medio de un inmenso mar azul.

—¿Qué es esto, señorita Ginebra?

—Tranquila, Bárbara. Hemos entrado en las páginas de los libros. He pensado que esto es más entretenido que aprenderse nombres de autores y obras. Estarás de nuevo en la escuela cuando suene el timbre de salida. Ahora vamos a averiguar si las sirenas de verdad existen.

Aunque no entendía nada de lo que había pasado, Leo estaba encantado de que se hubieran convertido en la tripulación de un barco al servicio de la capitana Ginebra.

—¿Cuál es nuestra posición exactamente, capitana Ginebra?

—Estamos en medio del mar, dentro de la obra de Hans Cristian Andersen.

—Solicito permiso para subir al mástil, capitana Ginebra.

—Permiso concedido, grumete.

A veces ocurre que las personas que poseen un sentido muy desarrollado, tienen los otros menos desarrollados. Leo, por ejemplo, tenía una vista de lince, pero en ocasiones era un poco duro de oído. Esa visión aguda fue lo que permitió que él y sus compañeros tuvieran tiempo de reaccionar.

En este punto de la historia es conveniente hacer una pequeña pausa para explicar lo que son realmente las sirenas.

Existen dos tipos de sirenas. Las que aparecen en los cuentos de Hans Cristian Andersen y otros relatos infantiles, que son hermosas y carentes de maldad como princesas. Y las que aparecen en *La Odisea* de Homero. En esta obra, un griego llamado Ulises, que vuelve a su hogar después de luchar en la guerra de Troya, es atado al mástil de su barco para evitar que acuda corriendo hipnotizado por el canto de las sirenas. Y es que las sirenas de este libro no son hermosas y gentiles como las de

los cuentos de hadas, sino malvadas y feas. Su cuerpo es mitad pájaro y mitad mujer, y cantan hermosas canciones con las que hechizan a los marinos. Hacen que sus barcos naufraguen contra las rocas y devoran a sus tripulantes.

Con su hechizo, Ginebra quería entrar en el mundo de las sirenas hermosas y buenas, pero se equivocó.

—¡Chicos! ¡Tapaos los oídos con cera! ¡Rápido! —gritó Leo.

—¿Por qué? —preguntaron los demás, extrañados.

—No son esa clase de sirenas. ¡Si las escucháis cantar os volveréis locos! —exclamó Leo, apresurándose a bajar del mástil.

El nerviosismo se apoderó de todos.

—¡Cera! ¿Y de dónde sacamos cera ahora? —gritó Bárbara con desesperación.

—Ya está.

En menos de un segundo, Ginebra hizo aparecer diez tapones de cera. Todos se los pusieron inmediatamente en los oídos, menos Leo, que se había enredado en una cuerda y estaba intentando liberarse para bajar a cubierta antes de que empezara a sonar el canto de aquellas criaturas.

—¡Leo! ¡Tápate los oídos! —le gritó Bárbara al ver que estaban ya muy cerca.

Ginebra cogió la escoba y subió hasta la mitad del mástil para ayudarle a sacar el pie del lío de nudos y cuerdas en que cada vez se enredaba más.

—¡Max, al timón! ¡Alguien tiene que dirigir la nave! ¡Si no, chocaremos! —gritó Alicia, que parecía la única que se daba cuenta de que el barco avanzaba directo hacia las rocas y en pocos minutos se estrellaría.

Nadie la escuchó, excepto Leo, que por desgracia ya oía aquel pérfido canto y lo único que quería era ir hacia ellas, aunque eso significara su perdición.

—Ya está, ahora ponte los tapones —dijo Ginebra, orgullosa de haber liberado el pie del chico con un pequeño hechizo. Para su sorpresa, él la apartó con un golpe brusco y tiró los tapones. Ginebra cayó al suelo y Bárbara y Max acudieron en su ayuda.

Leo se lanzó hacia el timón, que Alicia intentaba manejar con dificultad, y le apartó las manos con la misma violencia que acababa de propinarle a su maestra.

Max dejó a Ginebra y se abalanzó sobre él.

—¡Suelta el timón! —le ordenó.

—¡Déjame en paz! —respondió Leo, aunque, por supuesto, Max no oyó nada.

Ambos se enzarzaron en un violento forcejeo. Max era más fuerte, pero Leo estaba dominado por el influjo de las sirenas y eso le daba una fuerza increíble. Al ver que ya casi no tenían tiempo, Alicia y Bárbara dejaron a Ginebra y se unieron a Max. Entre los tres consiguieron apartar a Leo del timón.

Entonces, Leo echó a correr y, antes de que pudieran detenerle, se lanzó por la borda.

—¡Leo! —gritó horrorizada Bárbara—. ¡Señorita Ginebra, tiene que ayudarle! ¡Mi hermano no sabe nadar!

—¡Alicia, coge el timón! —gritó Max y se arrojó al agua para rescatar a su amigo.

—¡Max! —gritó Alicia—. ¡Señorita Ginebra, ayúdele! ¡Max no sabe nadar!

Ginebra se subió a la escoba e indicó con gestos a Bárbara y Alicia que hicieran lo mismo. Juntas abandonaron el barco y fueron a rescatar a los chicos. Max se debatía para no ahogarse, mientras que Leo había sido apresado por las sirenas, que le picoteaban el cuerpo.

Ginebra hizo pasar la escoba a ras del agua sin aminorar la velocidad.

—¡Agárrate, Max!

Con una mano, el chico se cogió al palo y volvió a soltarse cuando llegaron a las rocas donde Leo estaba siendo atacado por las sirenas. Empezó a quitárselas de encima. Bárbara también saltó de la escoba y corrió hacia su hermano.

—¡Sube a la escoba! O les diré a papá y mamá que te pasas las clases leyendo y nunca haces caso a la maestra —lo amenazó y luego, volviéndose hacia una sirena que se disponía a atacarlos, gritó—: ¡Y tú, bicho asqueroso, no te atrevas a acercarte a mi hermano! —Y le arreó un puñetazo con todas sus fuerzas.

Alicia y Ginebra corrieron hacia Max, que había sido rodeado por un grupo de sirenas dispuestas a acabar con él. Alicia miró la escoba y se dio cuenta de que tenía en su mano un arma muy eficaz, así que se puso a dar escobazos a diestro y siniestro.

Cuando estuvieron todos juntos, montaron en la escoba. Ginebra pronunció las palabras mágicas y en un periquete volvieron a estar todos en el aula.

—En fin, la excursión no ha salido como tenía previsto, pero hemos conseguido regresar sanos y salvos —comentó Ginebra.

Los chicos se miraron, perplejos. Salvos sí que estaban, pero sanos... Max tenía el cuerpo lleno de magulladuras tras haber caído sobre las rocas; Bárbara, la muñeca dislocada por el puñetazo que le había arreado a la sirena; Leo estaba lleno de mordeduras y arañazos; y Alicia... bueno, Alicia era la única que verdaderamente estaba sana y salva.

—Disculpe, señorita Ginebra —dijo Bárbara con delicadeza—, creo que si regresamos a casa así, nuestros padres no nos dejarán volver a la escuela nunca más.

Ginebra los miró detenidamente.

—¡Oh, por favor! ¡Cómo no me he dado cuenta! Venid aquí. Necesitáis una buena cura.

Sacó de un cajón de su escritorio un botiquín lleno de frascos de colores, que contenían sustancias mágicas.

—Toma, Leo, ponte esta pomada en todas las heridas.

—¿Me va a escocer?

—¡Qué va! No escuece.

»Max, tú ponte esta otra. Y tú, Bárbara, ven aquí, que te voy a vendar esa mano con venda invisible. Alicia, ¿estás bien?

—Sí, yo no necesito nada.

—Señorita Ginebra, ¿está segura de que me está haciendo algo en la mano? No noto nada.

—Ya te he dicho que la venda es invisible.

Bárbara, como todo el mundo, por invisible entendía algo que no se puede ver pero tiene tacto. Aun así, decidió no decir nada más, porque sí era verdad que notaba su mano mejor que nunca. Miró a Leo; los rasguños habían desaparecido de su piel. Y Max parecía un niño de porcelana que nunca hubiera recibido un rasguño.

9

Ya empieza a notarse el frío —comentó Leo en el patio de la escuela.

Desde hacía unas semanas llevaban puesto el abrigo y no tardarían en recurrir también a la bufanda, el gorro y los guantes. Las palabras de Leo no eran un simple comentario sobre la situación meteorológica. Dentro de poco caería la primera nevada y ningún maestro se había quedado en Villanieve tanto tiempo.

—Ella parece distinta. Los fines de semana no se va a ninguna parte. Quizá no sepa que el pueblo queda aislado del mundo cuando nieva —comentó Alicia.

Intercambiaron miradas de preocupación. Ginebra había sido la mejor maestra que habían tenido nunca. Desde el encuentro con las sirenas, todo había cambiado para mejor. Como ya sabían que era una bruja, Ginebra no necesitaba ocultar nada y respondía siempre a todas las preguntas de sus alumnos. Tenía mil trescientos quince años, lo que suponía que había vivido en épocas de la historia muy alejadas y podía relatar con lujo de detalles cómo era la vida en la antigua Roma; qué sintieron los nativos americanos cuando vieron desembarcar en sus tierras a Cristóbal Colón; o el horror y sufrimiento que había asolado Europa durante las dos guerras mundiales.

A veces le pedían que les enseñara a preparar pócimas mágicas y hechizos. Eso era lo único a lo que Ginebra se negaba con rotundidad, argumentando que las leyes de la química y las de la magia resultaban a veces contradictorias y no debían mezclarse.

Sonó el timbre que anunciaba el final de recreo y los chicos volvieron al aula.

—Señorita Ginebra, ¿ha visto la previsión del tiempo para este fin de semana? —preguntó Alicia.

Todos la miraron con ojos de «cierra la boca, o se enterará de que va a nevar y se marchará».

Alicia hizo caso omiso de las miradas de sus compañeros y continuó. Ella tampoco quería que se fuera su maestra, pero sentía la necesidad de advertirle de lo que iba a suceder en pocos días.

—No, no lo he visto —respondió Ginebra.

—Es que... va a nevar.

—¡Bocazas! —exclamó Leo.

—Tú te callas, que has sido el que ha sacado el tema antes en el patio —le soltó Max.

—¿A qué viene todo esto? ¡Esa no es forma de comportarse en clase! —exclamó la maestra.

Max y Leo pidieron disculpas y bajaron la cabeza, avergonzados.

Ya no había vuelta atrás, así que Bárbara decidió cortar por lo sano.

—No sé si alguien le ha comentado que, en fin... cuando nieva aquí, nos quedamos aislados y...

—¿Y qué? —preguntó la señorita Ginebra como si tal cosa.

—Pues que no queremos que se vaya. Usted ha sido la mejor maestra que hemos tenido, pero si se queda aquí, no podrá salir del pueblo hasta la primavera.

Bárbara la miraba fijamente, a punto de explotar de ansiedad. Leo no podía contener las lágrimas y le costaba sollozar en silencio. Max estaba apoyado en la mesa con la cabeza escondida entre los brazos y Alicia miraba distraída por la ventana.

—Por supuesto que no me voy. ¿Adónde iba a ir? Además, ya sabéis que soy una bruja. Si alguna vez quiero salir del pueblo, me iré volando en mi escoba mágica.

Leo se levantó y fue corriendo a abrazarla, todavía sollozando, pero ahora no de tristeza. Alicia se atrevió por fin a mirar hacia la clase y sonrió. A ella también se le había escapado alguna lagrimilla. Max levantó la cabeza y se encontró con la sonrisa de Alicia. Bárbara se relajó de golpe y casi se cae de la silla.

—Por cierto, chicos, tengo preparada otra salida. Esta vez la he planificado con más calma y no correremos ningún riesgo.

—¿Y adónde iremos? —preguntó Bárbara con ilusión.

—No muy lejos. Aquí mismo, al bosque.

—¿Al bosque? —preguntaron todos a coro. Se esperaban algo más emocionante.

—Sí, al bosque. Nos adentraremos en la naturaleza y conoceremos la vida salvaje tal como la viven los animales. —Como nadie la interrumpió con preguntas, Ginebra continuó—: Partiremos a primera hora, por lo que tendréis que ser muy puntuales. Iremos hasta el bosque a pie y una vez allí nos transformaremos en animales. Regresaremos sobre las siete más o menos, así que debéis avisar a vuestros padres que ese día llegaréis más tarde a casa.

—¿Y tenemos que llevar almuerzo, comida o algo? —preguntó Alicia.

—No, por supuesto que no. Conseguiremos la comida en el bosque, igual que los animales.

—¿Y en qué animales nos convertiremos? —preguntó Bárbara.

—En lobos.

—¡Qué guay! —exclamó Bárbara—. Es mi animal favorito.

—Pero los lobos son carnívoros, o sea que tendremos que cazar —observó Max.

—Así es —confirmó Ginebra.

10

inebra y los niños avanzaban por el bosque alborotadamente, como siempre hacen los humanos cuando se adentran en el mundo de los animales.

—Ya estamos, chicos, haremos la transformación aquí.

Ginebra abrió su mochila y sacó una botellita que contenía un líquido azul.

—¿Hay que beberse eso? —preguntó Max.

—Sí, si queréis convertiros en lobos —respondió la bruja y, acto seguido, le dio un sorbo a la botella.

A continuación, fue el turno de Leo, luego Alicia, después Bárbara y por último Max, que no las tenía todas consigo.

—¿Y ahora qué? Seguimos igual, no nos pasa nada —comentó Leo al ver que nada había cambiado.

—¡Ay! —gritó Alicia, asustada—. ¡Señorita Ginebra, le están creciendo las orejas!

—¡Y a mí me están saliendo pelos por todas partes! —exclamó Max, mirándose aterrorizado.

—¿Y qué esperabais? —intervino Bárbara dejando caer los brazos para ponerse a cuatro patas—. Si os transformáis en lobos, es normal que os pasen esas cosas.

—¡Auuuu! —aulló Leo, que ya había perdido la capacidad de hablar.

En un momento, todos se pusieron a aullar a la vez. Tenían muchas cosas que decirse y que preguntar. Lástima que no se les entendiera.

Ginebra se colocó delante de la pequeña manada para dirigirla. Los demás la siguieron y se adentraron en lo profundo del bosque, donde los seres humanos no llegan nunca.

Bárbara iba pegada a la maestra y Leo, justo a su lado. Unos pasos más atrás iban Max y Alicia, gruñendo y aullando. Ginebra se giró para aullarles que se callaran: estaban montando demasiado

alboroto y así solo conseguirían espantar a las presas posibles. Además, no tenía sentido hacer tanto ruido si era imposible que se entendieran.

Después de un rato avanzando sin encontrar nada, Ginebra decidió detener la marcha. Los lobos estaban cansados y hambrientos. Tenían que conseguir comida y solo podían cazar, pero no había ni rastro de ningún animal. En realidad, el bosque estaba lleno de toda clase de animales, conejos, liebres, ardillas, ratones, zorros, ciervos, cabras montesas... Pero todos salían espantados cuando percibían la presencia de los lobos.

Bárbara comenzó a olfatear el suelo. No sabía qué era ese olor, pero lo relacionó con comida y empezó a seguir su rastro. Los otros la imitaron. Pronto vieron a un enorme ciervo que pacía plácidamente en un claro. Los chicos estaban demasiado hambrientos para plantearse nada y saltaron sobre él, que fue más rápido que ellos y los esquivó sin problemas.

En las películas y los cuentos, el lobo es siempre el animal más fuerte y todos huyen de él. Por lo que todos supusieron que a continuación el ciervo huiría corriendo y ellos lo perseguirían hasta darle alcance. Sin embargo, no ocurrió así, sino que el ciervo se colocó en posición de ataque y arremetió contra ellos con su imponente cornamenta. Max y Leo apenas pudieron esquivarlo a tiempo. Y antes de que pudieran reaccionar ya estaba embistiéndolos otra vez desde un ángulo distinto. Sin saber qué hacer, cada uno echó a correr por su lado, mientras Ginebra intentaba mantenerlos unidos para que no se le perdiera ningún alumno.

Afortunadamente, no tardó mucho en localizarlos. Todos habían ido a parar al mismo sitio: el río. Bebieron agua. Si no podían comer, al menos podían hidratarse.

Continuaron con su marcha por el bosque. Cuando alzaban la vista, veían ardillas saltando de rama en rama o pájaros volando de un lado a otro. Si miraban al frente, se veían rodeados por cientos de árboles diversos: abedules de corteza blanca, pinos altos y serios, gigantescas hayas grisáceas, sauces de hojas con forma de lágrimas, abetos que evocaban la Navidad, y tantos otros. Y si bajaban la mirada al suelo o hacia las flores, descubrían insectos y arañas y muchas historias: sanguinarias batallas, gusanos que se convertían en mariposas, arañas que tejían telas para atrapar a sus presas, hormigas trabajadoras y grillos con vocación de cantantes.

Bárbara avanzaba en cabeza, observando el entorno con sumo interés. Le venían a la mente muchas preguntas, que intentaba memorizar para formulárselas a Ginebra cuando recuperara el habla. De repente se detuvo en seco. Los demás se pararon detrás de ella sin hacer el menor ruido.

Un enorme oso pardo jugueteaba con sus cachorros en un pequeño claro. Bárbara contempló la escena maravillada. Creía que los osos pardos se habían extinguido en esa región y ahora tenía ante sus ojos la prueba de que no era así.

Los oseznos corrían de un lado a otro dejándose caer sobre la hierba, luego se levantaban y volvían a dejarse caer abrazados. Mientras, su madre los observaba tranquilamente, pero sin quitarles ojo de encima.

A los lobos no les convenía ser descubiertos por mamá oso, así que, aunque les habría encantado quedarse allí, decidieron alejarse discretamente. Mientras lo hacían, vieron un conejo que parecía distraído y, sin necesidad de decirse nada unos a otros, corrieron tras él, pero el animal era más rápido, más ágil y más experimentado que ellos y se metió en su madriguera antes de que lograran alcanzarlo. Estaba claro que ser lobo no era nada fácil.

El regreso al pueblo fue una verdadera odisea. Se perdieron muchas veces, aunque en realidad ya estaban perdidos y lo que no hacían era encontrarse. Se diga como se diga, pasaron horas dando vueltas y más vueltas hasta llegar a la linde del bosque. Una vez allí, se suponía que tenían que tomar el antídoto para recuperar la forma humana, y eso habrían hecho si a Ginebra no se le hubiera olvidado en la escuela.

11

Los niños de Villanieve no eran los únicos que se habían percatado de que Ginebra no había faltado ni un solo día a clase. El inspector Arturo Cervera también se había dado cuenta. De eso y de que en casi dos meses de curso todavía no había recibido ninguna queja sobre la nueva maestra. ¿Demasiado bueno para ser verdad? ¿O algo se le estaba escapando?

En cualquier caso, no estaba de más hacer una visita a Villanieve, y cuanto antes, mejor. Habían anunciado mal tiempo para el fin de semana. Si no se daba prisa, no llegaría a tiempo al pueblo, o aun peor, se quedaría atrapado allí todo el invierno.

Cuando llegó a la escuela de Villanieve comprobó que no había nadie allí. Las mochilas y los libros estaban en el aula, pero no se veía ni rastro de Ginebra, ni de los niños. Eso significaba que tenía razón: algo turbio estaba sucediendo en ese lugar y, como inspector de Educación, era su deber descubrirlo y solucionarlo.

Salió de la escuela y se dirigió a la tienda donde trabajaba Carol, la madre de Alicia, por lo demás, la única tienda que había en Villanieve, aunque tenía casi de todo (digo «casi» porque nunca se puede estar seguro al cien por cien de tenerlo absolutamente todo).

—Buenos días.

—Buenos días, señor inspector, ¿cómo usted por aquí? Debo decirle que Alicia está feliz con la maestra de este año. Y la felicidad parece haberle traído salud, apenas se queja de sus dolores. Espero que la señorita Ginebra se quede mucho tiempo.

—Sobre eso quería hablarle. ¿Sabe usted que los niños no están en la escuela?

—Sí, algo me comentó Alicia de que iban a hacer una excursión y llegarían un poco más tarde. ¿Ocurre algo?

—¡Una excursión con el frío que hace! ¿Y por

qué no me lo han comunicado? Yo debo estar al tanto de todo lo que sucede en la escuela. Si la señorita Ginebra quiere hacer una salida extraescolar, debe rellenar un impreso, pasar una copia a todos los padres para que lo firmen, y después enviármelo a mí. Si yo le doy el visto bueno, debo enviarlo al ministro de Educación, que ha de firmar la autorización. Solo entonces, y en un plazo

de veinte días, podrá hacer la excursión. —Arturo Cervera estaba rojo de ira.

—Señor inspector, no se ponga así. Los niños no corren ningún peligro —le dijo la madre de Alicia sin perder la calma.

—Que tenga un buen día, Carol —se despidió el señor inspector.

12

Ya casi había anochecido.

Los animales avanzaban en fila india, intentando hacer el menor ruido. Si en el bosque ellos eran los cazadores y debían moverse en silencio para no ahuyentar las posibles presas, en el pueblo ellos eran las presas y los humanos, los cazadores.

Pasaron por la tienda de los padres de Alicia sin ser descubiertos y después por la casa de Max, que tenía las ventanas cerradas. El problema vino cuando llegaron a las proximidades de la granja de Bárbara y Leo. Su padre, que no quería que ningún depredador atacara a sus ovejas o a sus gallinas, al ver las sombras de los animales, salió de casa escopeta en mano.

—¡Alejaos de mi granja! ¡Malditos lobos! —gritó, apuntándoles con el arma.

Bárbara y Leo se quedaron horrorizados. Jamás habrían imaginado que su propio padre les amenazara de esa forma. Si pudieran hablar, le explicarían...

El hombre disparó al aire en señal de advertencia.

Lo cierto es que no podían hablar para explicarse, lo único que podían hacer era correr hacia la escuela. Y eso fue lo que hicieron.

Se oyó otro disparo a sus espaldas. Nadie se giró, excepto Ginebra, que quiso asegurarse de que nadie hubiera resultado herido. Al comprobar que todos seguían bien, volvió a correr con ellos.

13

Como la escuela estaba vacía, *Merlín* se había permitido dar un paseo por el edificio. No era muy dado a salir de la casa de la maestra, aunque desde que los niños habían descubierto que su dueña era una bruja, ya no tenía que esconderse y de vez en cuando entraba en el aula con ellos. No solía hacerlo demasiado, porque entonces Ginebra aprovechaba para enseñarles zoología, poniendo al animal en que estuviera transformado como objeto de estudio, y eso le incomodaba bastante.

Antes de marcharse, Ginebra le había convertido en saltamontes, un animal al que le resultaba fácil pasar desapercibido. Pero en uno de sus saltos había caído en uno de los calderos que utilizaba Ginebra para preparar pócimas, y se había transformado en un enorme y majestuoso león.

«¡Qué bien, *Merlín*! Todavía no eres un gato, pero sí un felino. Ya estamos cerca», habría exclamado ella al verlo si ya hubiera recuperado la capacidad de hablar.

Las botellitas con el antídoto para recuperar la forma humana estaban en la mesa. Ginebra fue la primera en beber la suya. No le resultó fácil, ya que como no tenía manos, sino patas, coger la botella era bastante complicado, así que fue empujando la botella hasta que cayó al suelo y se rompió. El líquido con el antídoto se desparramó por el suelo y Ginebra lo lamió con cuidado de no cortarse con ningún cristal. Al instante volvió a la forma humana. Luego, uno a uno fue dándoles de beber a sus alumnos. Alicia, Leo, Max...

Cuando le tocaba el turno a Bárbara, se abrió la puerta de la clase y apareció el inspector Cervera, que no se esperaba encontrar allí un león gigantesco, un lobo y un niño menos.

—¡Pero qué...! —boqueó y pareció quedarse sin respiración. Tomó aire y lo soltó recitando todos los adjetivos que empiezan por *in-* en orden alfabético—: Inaceptable, inadmisible, inapropiado, inaudito... —Y así hasta llegar a «intolerable». —Cuando hubo terminado, volvió a coger aire y sentenció—: Señorita Ginebra García de Sastres, la declaro inhabilitada para impartir clase en esta escuela.

—¡No! —gritaron los niños.

—¡Sí! —gritó él mientras reculaba nerviosamente, acobardado ante la mirada amenazadora del león—. Ahora mismo iré al ministerio para abrirle un expediente por lo que ha ocurrido hoy y...

No le dio tiempo a terminar la frase: Max cogió la varita mágica de Ginebra, apuntó hacia él y exclamó:

—¡Vete muy muy lejos!

El inspector desapareció al instante.

Max soltó la varita, como si una araña venenosa acabara de posarse en ella. Durante unos segundos nadie se atrevió a moverse ni a decir nada.

—A ver, que no cunda el pánico. Bárbara, tómate la pócima.

La chica obedeció.

—Señorita Ginebra, ¿dónde está el inspector? —preguntó Alicia.

—Ahora lo averiguaremos —respondió, sacando el espejito de su descolorido bolso.

Los chicos se acercaron a ella.

—Espejo, muéstranos dónde está el inspector Arturo Cerveza.

—Cervera —la corrigió Alicia.

—Eso, Cervera.

En el espejo apareció el inspector en medio de una densa vegetación.

—¿Qué es eso? —preguntó Alicia.

—Parece una selva. Igual está en el Amazonas —observó Max.

—Podría ser Australia. Max ha dicho «vete muy muy lejos», y lo más lejos que se puede ir desde aquí es a las antípodas, es decir, a Australia —observó Bárbara.

—Alicia, mira a ver si hay hombres que caminan de cabeza. Si es así, es que ha atravesado toda la Tierra y ha llegado al otro extremo del mundo —comentó Leo.

—¿Queréis tomaros esto un poco más en serio? —interrumpió Bárbara—. Acabamos de hacer desaparecer al inspector. Hay que encontrarlo y traerlo de vuelta.

Ginebra miraba el espejo con cara pensativa.

—No sé, chicos. Tenía la varita preparada para hacer un viaje en el tiempo en la próxima clase. Quería llevaros a la antigua Grecia, pero me parece que ese lugar no es la antigua Grecia. Veamos un poco más. —Movió el espejo hacia los lados para tener una perspectiva más amplia, pero no descubrió nada—. En fin, tendré que ir a buscarlo. Vosotros volved a casa. Es tarde y seguro que vuestros padres ya están preocupados, y más si ha corrido el rumor de que en el pueblo hay lobos sueltos.

—Yo la acompaño —se ofreció Max—. He sido el culpable de que el inspector desapareciera, así que debo ir. Además, a mí nadie me espera para cenar. Solo está el fantasma y ese no cena.

—Es demasiado peligroso, Max.

—Yo también voy —dijo Alicia.

—Y yo.

—Y yo.

—No, no. Iré sola —insistió Ginebra.

—Señorita, ¿qué es eso? —preguntó Alicia, que seguía mirando el espejo.

Ginebra tardó un momento en responder.

—Eso... bueno, no estoy muy segura... Yo diría que es un dientes de sable.

—¿Un qué? —preguntó Bárbara, que nunca había oído el nombre de ese animal.

En el espejo se veía un enorme tigre sin rayas y con dientes que parecían colmillos de elefante.

—Es un animal prehistórico. Hay que ir a rescatarlo inmediatamente. El inspector está en peligro. —Y montó en la escoba.

Los chicos y *Merlín* la imitaron sin pedir permiso. La maestra se había asustado tanto al ver al dientes de sable que no le dio tiempo a decirles que no.

74

Cerraron los ojos instintivamente. La escoba alcanzó una velocidad aún mayor que cuando viajaron al mar de las sirenas. Notaban frío y calor, y que sus músculos se contraían y distendían. Por un instante les pareció que habían caído dentro de una lavadora en el programa de centrifugado. Las imágenes de otras épocas históricas se sucedían tan rápido que era imposible distinguir nada, solo intensos destellos de colores que les obligaban a cerrar los ojos.

Aterrizaron sobre un colchón de helechos que amortiguó su caída. Todos rodaron por el suelo. La escoba rebotó y con el impulso llegó hasta las ramas de un gigantesco roble, donde se quedó enganchada.

—¿Estáis bien, chicos? —preguntó Ginebra.

—¡Vaya viaje, señorita Ginebra! La próxima vez, por favor, podría poner la escoba un pelín más lenta. Casi vomito —dijo Leo.

—Yo sí he vomitado, pero mi vómito se ha desintegrado con la velocidad —dijo Bárbara.

—Puaj, ¡qué guarrada! —exclamó Max, riendo con cara de asco.

Alicia también rio.

—Lo sé, lo sé. Es que el viaje era muy largo y... vale, tenéis razón, me he pasado con la velocidad. Os prometo que la vuelta será más tranquila. Y ahora vamos a lo importante.

Ginebra sacó el espejo del bolso. Echó un breve vistazo y dijo:

—Vamos, es por aquí. El inspector está muy cerca, si nos damos prisa, nos reuniremos con él en unos diez minutos y en un cuarto de hora estaremos de nuevo en Villanieve y no habrá pasado nada.

Los chicos siguieron a su maestra maravillados por la exuberante vegetación que los rodeaba. Hacía solo unas horas que habían visitado el bosque convertidos en lobos y les había llamado la atención lo bonita que podía ser la naturaleza, pero ahora no solo era bonita, sino verdaderamente fantástica.

Al poco rato, el bosque se abrió y dio paso a una gran pradera.

—¿Seguro que es por aquí, señorita Ginebra? ¿No cree que ya deberíamos haber encontrado al inspector? —preguntó Bárbara.

—No sé, no sé. La verdad es que no tengo muy buen sentido de la orientación. Voy a mirar otra vez el espejo, no sea que estemos caminando en sentido contrario.

—Ssshhh. ¿No oís algo? —dijo Max.

El suelo empezó a temblar bajo sus pies y un fragor como de mil truenos de una tormenta lejana se oyó en toda la pradera. Lo primero que pensaron fue que se trataba de un terremoto, pero pronto descubrieron que no. Una manada de mamuts desbocados se abalanzaba hacia ellos.

—¡Cuidado! ¡Es una estampida! —gritó Leo.

Sin darse cuenta, Ginebra soltó el espejo. Todos echaron a correr en direcciones distintas y milagrosamente consiguieron escapar de morir aplastados.

—¡Nos hemos salvado! —exclamó Max al verse fuera de peligro.

—¡Sí, estamos todos! —exclamó Alicia.

—No, no estamos todos —dijo Ginebra—. Falta *Merlín*. Y, además, los mamuts han hecho añicos el espejo.

Los chicos se miraron sin saber qué hacer. No se sabía si Ginebra estaba más preocupada por *Merlín*, por el inspector o por la pérdida del espejo.

—La escoba —dijo la maestra finalmente—. Tenemos que encontrar la escoba. Montaremos en ella y desde el cielo será más fácil la búsqueda. Vamos.

Volvieron a adentrarse en el bosque.

—¿Alguien se acuerda del camino? —se atrevió a preguntar Bárbara ante el inabarcable laberinto verde de árboles que se atravesaban ante ellos.

—Solo a nosotros se nos ocurre meternos en un bosque sin llevar migas de pan para señalar el camino. ¿Cómo vamos a encontrar el árbol en que se quedó enganchada la escoba? —bromeó Leo.

—Leo, se las habrían comido los pájaros —le respondió Max.

—Sea como sea, lo importante es que no nos separemos, ¿está claro? —dijo Ginebra con seriedad.

Los niños asintieron y reanudaron la marcha escudriñando hacia todas partes, por si veían la escoba, al inspector o a *Merlín*.

15

*M*erlín miró alrededor buscando a Ginebra y los chicos, pero no vio más que árboles y más árboles. Giró sobre sí mismo y entonces lo divisó. Estaba agazapado junto al tronco de un sauce. Sin ser consciente de lo que hacía, fue hacia allí. El inspector Arturo Cervera se levantó de golpe y echó a correr, chillando como si le persiguiera un león, lo que no era de extrañar, ya que eso estaba ocurriendo.

—¡Socorro! ¡Que alguien me ayude! ¡Un león quiere comerme!

Pronto comprobó que sus gritos no habían sido en vano. A lo lejos divisó unas siluetas humanas.

Creyéndose más cercano a su salvación, gritó más fuerte—. ¡Ayudadme, por favor! ¡Ayudadme!

Sin embargo, según se iba acercando, sus dudas crecieron. ¿Eran realmente humanos los seres hacia los que se dirigía? De lejos lo parecían, pero ya no lo tenía tan claro. Eran demasiado toscos y peludos y vestían una especie de harapos hechos con pieles de animales.

El inspector se volvió. El león se le echaba encima, pero justo cuando iba a darle alcance, se dio la vuelta y empezó a alejarse. Una flecha pasó por encima de su cabeza. El inspector volvió a girarse para ver de qué huía el león y lo comprendió: unos hombres prehistóricos corrían hacia ellos lanzando flechas y piedras.

—¡Espérame, león! ¡Voy contigo!

Merlín se paró y dejó que el inspector se montara a su lomo.

Los hombres aparecían por todas partes y no cesaban de arrojarles piedras y flechas. El inspector estaba aterrorizado. No sabía qué le daba más miedo, si el león sobre el que se había subido en un ataque de pánico, o los humanos salvajes que los perseguían.

—¡Ahí, métete en esa cueva! Los despistaremos.

Merlín obedeció, pero iba tan concentrado en su carrera que no se dio cuenta de que el suelo descendía de manera brusca. Los dos cayeron rodando.

Sus perseguidores pasaron de largo.

Por una parte, el inspector se sintió aliviado: había conseguido escapar de los salvajes. Por otra, estaba mareado y lleno de moratones y, aún peor, se encontraba atrapado en una cueva con un león.

16

Después de caminar durante casi una hora sin encontrar nada, Ginebra pensó que lo mejor sería descansar en un lugar resguardado.

—Pasaremos la noche en esa cueva —dijo al ver que empezaba a oscurecer—. Entrad con cuidado. Iluminaré la entrada con la varita. Mirad bien dónde ponéis los pies, no quiero que nadie se haga un esguince.

Se adentraron en la cueva apoyándose unos en otros. Solo Leo dio algún traspiés sin importancia.

—Señorita Ginebra, ilumine esa zona, creo que he oído algo —pidió Max.

—Ojalá no sea un antepasado del oso que vimos en el bosque —rogó Bárbara.

—Has tenido suerte, Bárbara —dijo Leo—. Son *Merlín* y el señor inspector.

Arturo Cervera corrió hacia ellos. Por fin, alguien conocido que pudiera explicarle aquello.

—¡Dios mío, vosotros también estáis aquí! —exclamó con sorpresa, y continuó con tono de desesperación—: ¡No imagináis el miedo que he pasado! ¿Alguien sabe dónde estamos y cómo hemos llegado hasta aquí? ¡Quiero volver a casa!

Ginebra le explicó brevemente lo que había ocurrido.

De repente se oyó un potente gruñido.

—¿Qué ha sido eso? —preguntó el inspector.

Ginebra dirigió la varita hacia la entrada de la cueva y a continuación todos miraron a Bárbara.

—Pues al final va a ser que no tengo tanta suerte.

Era un oso de las cavernas.

Todos chillaron a la vez, el que más el inspector don Arturo Cervera. Entre lo que había chillado antes y lo que chillaba ahora, si alguna vez conseguía volver a su mundo, tendría que gastarse el sueldo de un mes en caramelos para la garganta.

—¡Tranquilos! ¡Tranquilos! ¡Dejad de chillar! —gritaba Ginebra mientras movía la varita de un lado a otro.

Un estruendo ahogó sus voces. El suelo empezó a temblar y cayeron piedras por todas partes.

—¡Rápido, salgamos de aquí! —gritó el inspector.

Cuando se disponía a salir, tropezó y cayó al suelo. Entonces una lluvia de enormes piedras bloqueó la salida de la cueva. Luego todo volvió a quedar en silencio y todos tomaron conciencia de la gravedad de su situación. Estaban encerrados en una cueva a miles de años de distancia de su casa, sin la escoba ni el espejo mágico.

—Al menos, nos hemos librado del oso —suspiró Alicia.

—Y estamos todos juntos —añadió Max.

—Y todavía tenemos la varita —dijo Ginebra.

—Y ninguno está herido —observó Leo.

—Saldremos de esta —dijo Bárbara.

—Sí —afirmó el inspector Arturo Cervera.

—¡¡Ggggrrrrr!! —rugió *Merlín*.

17

La única solución era buscar algo que pudiera servir de espejo. Al haber perdido la escoba, no podían usar su medio de transporte habitual, por lo que Ginebra tendría que intentar el truco del viaje a través de imágenes. Si lograba hacer aparecer la escuela reflejada en una superficie, podrían volver. En caso contrario, siempre estaba la opción de buscar otra salida de la cueva y quedarse a vivir en la Prehistoria, aunque esta opción solo les gustaba a *Merlín* y a Max.

Ginebra avanzaba en cabeza con la varita iluminando el camino. Al principio todos iban mirando al suelo para ver dónde pisaban, sin percatarse de que se encontraban bajo una bóveda decorada con pinturas rupestres, que poco o nada tenían que envidiar a las realizadas por artistas más modernos.

—Mirad el techo, está lleno de dibujos —dijo Leo.

Había imágenes de ciervos, bisontes y hasta mamuts formando escenas o posando solitarios.

—Y en las paredes también —observó Alicia.

—¿Qué significan estos dibujos, señorita Ginebra? —preguntó Bárbara.

—Veréis, es que todo esto es todavía más antiguo que yo. Ya os dije que no llego a los cuatro mil años y estas pinturas son de hace más de diez mil.

—Os lo explicaré yo, que soy arqueólogo —intervino Arturo Cervera.

—¿Que es qué? —preguntó Max.

—Arqueólogo. Estudio culturas y civilizaciones antiguas.

—Y si es arqueólogo, ¿por qué está siempre en Villanieve? ¿Por qué no se va por ahí en busca de tesoros perdidos? —replicó Leo, y su hermana Bárbara le dio un codazo por su descaro.

El inspector rio.

—Sí que voy, en mis ratos libres.

—¿Usted tiene ratos libres? —se le escapó a Bárbara y Leo le devolvió el codazo.

El inspector hizo caso omiso y empezó a explicar.

—Estamos en un asentamiento del Paleolítico. En esa época los hombres vivían en cuevas y se dedicaban a la caza y la recolección. Eran nómadas, lo que significa que no tenían un asentamiento fijo, sino que se movían de un lugar a otro. Fijaos en las pinturas. Están hechas aprovechando las formas naturales de la roca, por eso tienen relieve.

Los chicos alzaron la vista. Era cierto. Las figuras parecían salir de la piedra.

—Pintaban mezclando grasa de animal y pigmentos minerales como el óxido de hierro, que extraían de la naturaleza.

—Son preciosas —dijo Bárbara—. Es una pena que se acaben borrando.

—No se borrarán —la corrigió el inspector—. La propia humedad de las paredes de la cueva las mantendrá durante miles de años.

—Entonces, ¿cómo es que nunca las habían descubierto? —preguntó Max.

—Porque un desprendimiento acaba de sellar la entrada a la cueva.

Ginebra se sintió un poco culpable: si no se hubiera puesto a mover su varita como una posesa, esa cueva todavía tendría una entrada.

Eligieron una de las galerías que partían del espacio en que se encontraban y avanzaron. Era un pasadizo estrecho, en cuyas paredes podían observarse otras pinturas rupestres, como siluetas de manos y formas abstractas, cuyo significado, según el inspector, todavía era desconocido por los arqueólogos.

El pasadizo dio paso a una especie de sala surcada de estalactitas y estalagmitas. Era como un bosque de piedra.

—¡Vaya! —exclamó Alicia, asombrada—. Es precioso. Jamás pensé que el interior del planeta pudiera albergar tantas maravillas.

—Escuchad —dijo Max—. ¿No oís como un rumor de agua?

—Sí, por ahí —confirmó Alicia.

Era un pequeño riachuelo de aguas subterráneas. Decidieron seguirlo y llegaron a una gran laguna. Tenían dos opciones: cruzarla a nado o dar media vuelta, pero como ni Max ni Leo sabían nadar, lo más lógico era dar media vuelta.

Ginebra se aproximó para comprobar la profundidad del agua. Al hacerlo, se vio reflejada en la superficie y se sorprendió de lo despeinada que estaba. *Merlín* se acercó a ella y, al verse a sí mismo, le dio tal empujón que la hizo caer al agua.

—*¡Merlín!* Te he dicho mil veces que cuando seas un animal grande y poderoso controles tu fuerza. ¡Me has tirado al agua!

—Es como un espejo —dijo Alicia, que había ido a ayudar a Ginebra a levantarse.

Ginebra lo comprendió.

—¡Oh! Perdóname, *Merlín*. Lo que querías decirme era que esta laguna podría servirnos como espejo, porque refleja la luz de la varita.

Merlín asintió.

—Está bien. Chicos, cogeos todos de las manos y poneos frente al agua.

Ginebra se puso delante de ellos y con la varita iluminó la laguna mientras pronunciaba las palabras mágicas:

—Culebras revueltas / y ranas desordenadas. / Falso espejo, / muestra en tu reflejo / la escuela del pueblo / que se aísla en invierno.

En ese momento, en la superficie del agua apa-

reció la escuela de Villanieve mientras caían los primeros copos de nieve del invierno.

—Ya ha empezado a nevar —dijo Leo.

—Sí, pero el pueblo todavía no está incomunicado —observó Max.

—Cuando diga «ya», saltad todos al agua —ordenó Ginebra, que estaba tan ansiosa por que funcionara su hechizo que no tenía tiempo para pensar si estaba nevando o no.

—Sí, señorita —respondieron al unísono.

Ginebra volvió a pronunciar unas palabras mágicas y gritó:

—¡Ya!

18

Al abrir los ojos, la cueva había desaparecido y volaban por el aire sin escoba. Bueno, más bien caían en picado hacia los picos de las montañas que rodeaban el pueblo.

—¡Nos vamos a estampar contra el suelo! —gritó Max.

Ginebra movió la varita, que se transformó en un trineo con paracaídas, al que consiguieron subirse casi en el momento en que tocaba tierra. Descendieron bruscamente sobre la nieve de las montañas y el trineo solo se detuvo al chocar contra la valla de la escuela. Se rompió en mil pedazos.

Los vecinos del pueblo acudieron corriendo.

—¿Estáis bien? ¿Qué ha pasado? —preguntó la

madre de Alicia, que llevaba horas preocupada porque ya eran casi las nueve y su hija no volvía a casa.

—Sí, mamá, estamos bien. Solo que al final tuvimos algún contratiempo en la excursión y no pudimos avisaros de que nos retrasaríamos un poco —le dijo Alicia, abrazándola.

Los padres de Leo y Bárbara también abrazaban a sus hijos.

—Estábamos preocupadísimos. Esta tarde aparecieron unos lobos por el pueblo y nos temíamos lo peor.

A Max nadie lo abrazaba, porque los fantasmas no abrazan, pero también había alguien junto a él, solo que nadie más podía verlo.

—Señor inspector, me temo que no podrá volver al Ministerio de Educación hasta la primavera —dijo Ginebra al ver que la nieve llegaba casi hasta las ventanas de las casas.

—Menudo contratiempo, pues —ironizó el inspector con falsa tristeza.

—Miauu...

—¿Qué ha sido eso? —dijo Ginebra, mirando alrededor.

—Miauu...

—¿Y *Merlín*? ¿Dónde está? —preguntó Bárbara.

Detrás de los restos del destrozado trineo apareció un gato negro.

—Miauu...